JUANILLO
Y LAS HABICHUELAS MÁGICAS

Colección dirigida por

Francisco Antón

Edith Nesbit

JUANILLO
Y LAS HABICHUELAS MÁGICAS

Ilustraciones
Matt Tavares

Traducción
Manuel Broncano
Alberto Fuertes

Actividades
Ramon Madaula

Vicens Vives

Para Eugenio Broncano y Manuel Puerta,
por habernos contado de niños este cuento.

M. B. y A. F.

Primera edición, 2008

Depósito Legal: B. 11.712-2008
ISBN: 978-84-316-8763-2
Núm. de Orden V.V.: AA36

© 2006 MATT TAVARES
Sobre las ilustraciones.

© MANUEL BRONCANO
Sobre la traducción.

© ALBERTO FUERTES
Sobre la traducción.

© RAMON MADAULA
Sobre las actividades.

© VICENS VIVES PRIMARIA, S.A.
Sobre la presente edición según el art. 8 del Real Decreto Legislativo 1/1996.

Esta edición ha sido publicada por acuerdo con
Walker Books Limited, London, SE11 5HJ.

IMPRESO EN ESPAÑA
PRINTED IN SPAIN

Editorial VICENS VIVES. Avda. de Sarriá, 130. E-08017 Barcelona.
Impreso por Gráficas INSTAR, S.A.

JUANILLO
Y LAS HABICHUELAS MÁGICAS

Hace ya algún tiempo, vivía con su madre un muchacho travieso y holgazán que se llamaba Juanillo. Todo cuanto de valor poseían en su humilde hogar era una vieja vaca lechera que solía pastar a sus anchas por el prado.

Tan pobre era la madre de Juanillo que no podía comprarle ni un solo juguete al chico. Pero como Juanillo tenía mucha imaginación, dedicaba el
día a construir cosas como las que veía o leía en
los libros: balsas, trineos, flechas de madera para

jugar a los indios, coronas de papel para jugar a ser rey...
Nunca hacía nada de provecho, lo que era para su madre
una verdadera carga, pues ella era lavandera y a duras pe-
nas podía llegar a fin de mes. Tenía Juanillo espíritu aventurero, pero no se hizo a la mar, ni partió en busca de fortu-
na, porque sabía que eso le rompería el corazón a su madre,
y él la quería muchísimo. Y aunque era muy perezoso, Juanillo tenía detalles muy bonitos con ella: le traía flores del
campo, o componía canciones, algunas alegres y otras tris-
tes, que después le cantaba al atardecer. Pero el tiempo se le
iba en contemplar, tumbado junto al riachuelo, las nubes del
cielo y las hojas de los árboles, mientras pensaba en lo her-
moso que era el mundo y cuánto le gustaría ver todo lo que
en él había. Era como si en su cabeza se hubiese escondido
un sueño que, sin embargo, Juanillo nunca lograba soñar.

A veces, mientras así holgazaneaba, le venía de pronto a
la cabeza su madre, que no paraba de trabajar en todo el

día, y lleno de remordimientos iba corriendo a ayudarla. Pero hiciera lo que hiciera, todo le salía mal. Si iba a buscar agua, el cubo se le caía sin remedio en el pozo; si trataba de levantar la tina con la ropa lavada, siempre se le resbalaba de las manos y había que recoger la ropa y fregar después el suelo, además de hacer toda la colada otra vez. Y su madre siempre terminaba por decir:

—Por el amor de Dios, Juanillo, vete a jugar por ahí y déjame hacerlo a mí sola.

Así que Juanillo se tumbaba por ahí a la bartola y observaba las laboriosas hormigas mientras transportaban su pesada carga en una interminable hilera que avanzaba entre la hierba y se perdía en la boca del hormiguero. Se le ocurría entonces un bello poema sobre lo importante que es trabajar, o sobre lo buenas y cariñosas que son las madres.

Pero la poesía, aunque hermosa, no da de comer, y madre e hijo eran cada vez más pobres. Hasta que un día la madre de Juanillo se acercó al lugar donde el muchacho contemplaba ensimismado las nubes y le anunció que se habían quedado sin un céntimo.

—No nos va a quedar más remedio que vender la vaca —dijo muy apenada.

9

—¡Pues déjame llevarla a mí al mercado! —le suplicó Juanillo, mientras de un brinco se ponía en pie—. Me haré pasar por un rico granjero que vende vacas a diario.

Así que Juanillo se fue camino adelante, ramal en mano, con la vaca trotando a su lado.

—Pide por ella cinco monedas de oro —le había dicho la madre—, pero coge lo que buenamente te den. ¡Y no te embobes por el camino con las musarañas!

Juanillo caminaba muy despacio y llevaba la vista clavada en el suelo, porque si había musarañas no quería pisarlas, aunque no sabía bien cómo eran. Su madre siempre le decía que estaba «mirando las musarañas», pero él nunca había visto ninguna.

Y fue así como se dio un coscorrón contra algo muy duro. Al levantar la mirada vio a un carnicero en su carro.

—¿Por qué no miras por donde vas? —le preguntó malhumorado el carnicero.

—Para no tener que verte —contestó Juanillo.

—¡Ah..., veo que eres un chico muy listo y ocurrente! —dijo el carnicero, que no pareció en absoluto ofendido por la respuesta—. ¿Vas a vender la vaca?

—Pues sí —dijo Juanillo—, a eso voy al mercado.

—¿Y cuánto pides?

—Cinco monedas de oro —respondió sin titubear el muchacho.

—Darte tan poco por ella me parecería un robo —dijo con voz muy amable el carnicero—. Mira lo que te ofrezco... —y le mostró un puñado de habichuelas gordas y relucientes—: ¿A que son bonitas?

—¡Sí, son muy bonitas! —exclamó Juanillo.

Y en verdad que lo eran. Las había de todos los colores y resplandecían como piedras preciosas.

—Bueno, qué me dices, ¿te parece un buen trato? —preguntó el carnicero.

—¡Desde luego! —fue la respuesta de Juanillo—. Te puedes quedar con esa vieja vaca apestosa.

Y sin más, el muchacho se guardó las habichuelas, le entregó el ramal al carnicero y se fue corriendo a casa.

¡Menudo escándalo se armó cuando le dijo a su madre lo que había hecho! No quiero

ni contároslo, aunque bien podéis imaginarlo. Sólo os diré
que su madre acabó tirando las habichuelas por la ventana
y después lo mandó a la cama sin cenar.

Hasta muy entrada la noche estuvo la pobre mujer plan-
chando, muy disgustada, y de vez en cuando se oía el siseo
de una lágrima al caer y evaporarse sobre la plancha.

Por la mañana, Juanillo se despertó muy acalorado y no-
tó que le faltaba el aire. Su cuarto estaba más oscuro que
otros días y decidió que era muy temprano para levantarse;
y entonces, mientras se arropaba con las mantas, comprendió que algo tras la ventana impedía el paso de la luz: las
habichuelas habían crecido hasta convertirse en un gigan-
tesco y retorcido tallo con hojas increíblemente grandes.
Juanillo corrió a la ventana y, al apartar las hojas con la
mano, vio que la planta parecía no tener fin. Era como si
creciera más allá de las nubes.

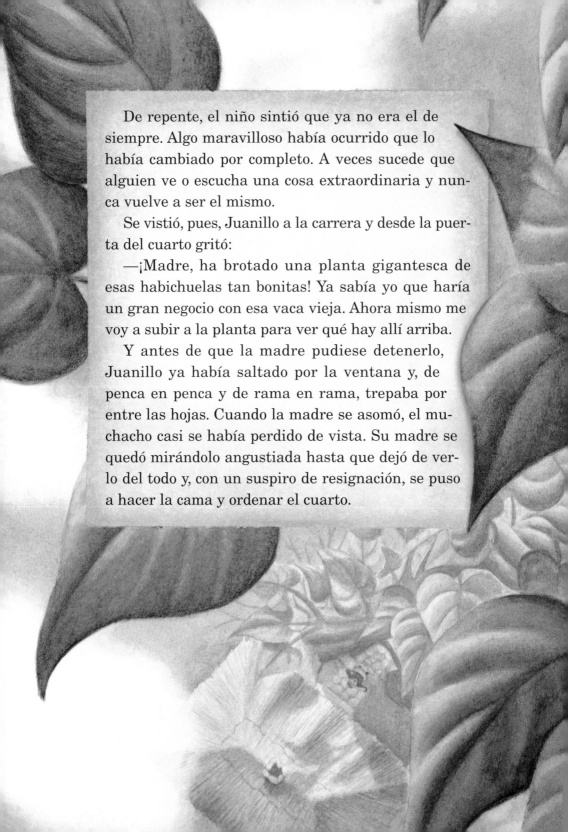

De repente, el niño sintió que ya no era el de siempre. Algo maravilloso había ocurrido que lo había cambiado por completo. A veces sucede que alguien ve o escucha una cosa extraordinaria y nunca vuelve a ser el mismo.

Se vistió, pues, Juanillo a la carrera y desde la puerta del cuarto gritó:

—¡Madre, ha brotado una planta gigantesca de esas habichuelas tan bonitas! Ya sabía yo que haría un gran negocio con esa vaca vieja. Ahora mismo me voy a subir a la planta para ver qué hay allí arriba.

Y antes de que la madre pudiese detenerlo, Juanillo ya había saltado por la ventana y, de penca en penca y de rama en rama, trepaba por entre las hojas. Cuando la madre se asomó, el muchacho casi se había perdido de vista. Su madre se quedó mirándolo angustiada hasta que dejó de verlo del todo y, con un suspiro de resignación, se puso a hacer la cama y ordenar el cuarto.

De hoja en hoja y de rama en rama Juanillo trepaba y trepaba, hasta que se sintió mareado y le flaquearon las piernas. Recordaréis que no había cenado la noche anterior, ni desayunado aquella mañana. De pronto, sin saber cómo, el muchacho se vio envuelto en una espesa niebla. Siguió trepando a tientas y por fin la bruma comenzó a disiparse: ante sus ojos apareció un paisaje desolador que nunca antes había visto. La planta se inclinó entonces gentilmente y Juanillo descendió por ella hasta un camino blanco y polvoriento que se perdía en la lejanía.

Se hallaba en una tierra desconocida y, hasta donde le alcanzaba la vista, nada allí parecía tener vida: los árboles estaban resecos, los campos agostados y el agua ya no corría por los arroyos. No era un lugar muy bello que digamos, pero era al menos un sitio nuevo que explorar. Además, no quería ni pensar en bajar por aquella planta sin haber comido algo antes, por lo que emprendió la marcha en busca de una casa donde le dieran de desayunar.

Y nada más echar a andar, una sombra se acercó por el aire, revoloteó sobre su cabeza y se detuvo luego a su lado.

—¡Qué susto! Creí que eras un pajarraco —exclamó Juanillo.

Pero no era un pájaro lo que se le había aparecido, sino un hada. Juanillo supo al instante que era un hada, aunque no había visto una en su vida. Y es que hay cosas que resultan inconfundibles.

—Hola, Juanillo —le saludó el hada—, te estaba buscando.

—Pues qué coincidencia —respondió el muchacho—, porque yo creo que te he estado buscando toda mi vida.

—Lo sé —dijo el hada—. Ahora presta atención…

Y el hada le contó una historia
que le hizo sentirse furioso y triste,
aunque también dispuesto a hacer
algo en verdad heroico. Y es que el
hada le reveló al muchacho que aquellas tierras yermas fueron en otro
tiempo de su padre, un rey muy generoso y caritativo con los pobres que
gobernó con justicia el país, por lo
que todos sus súbditos lo adoraban.
Pero quiso la desgracia que uno de
ellos fuera un ogro malvado y muy
cruel que tenía envidia de las riquezas del rey, de manera que decidió
matarlo y aprisionar en los árboles a
sus leales servidores.

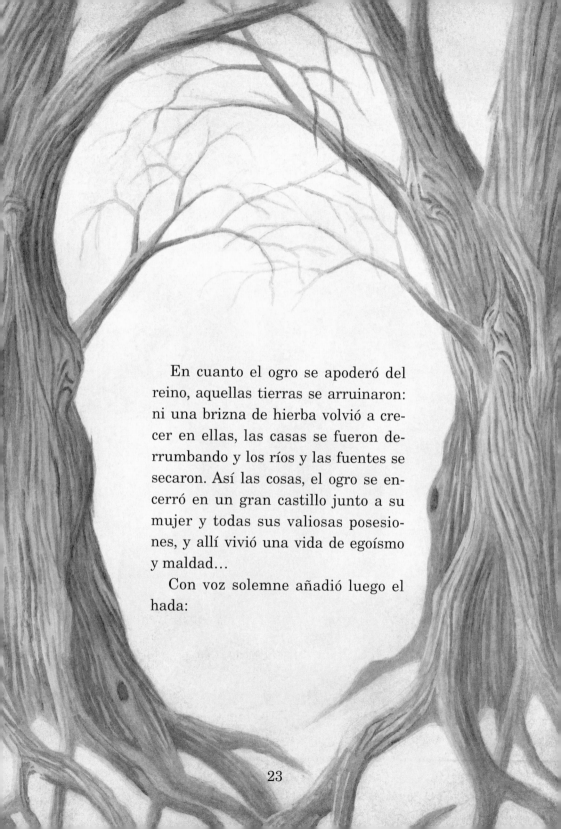

En cuanto el ogro se apoderó del reino, aquellas tierras se arruinaron: ni una brizna de hierba volvió a crecer en ellas, las casas se fueron derrumbando y los ríos y las fuentes se secaron. Así las cosas, el ogro se encerró en un gran castillo junto a su mujer y todas sus valiosas posesiones, y allí vivió una vida de egoísmo y maldad…

Con voz solemne añadió luego el hada:

—Ya es hora de que se haga justicia. Este es el sueño que siempre has querido de verdad soñar. Debes buscar al ogro y recuperar el reino que una vez perteneció a tu padre. Tu madre lleva toda una vida trabajando por ti; ahora, Juan, te toca a ti trabajar por ella. Pero puedes alegrarte, pues ella remienda, lava, cocina y friega, y lo tuyo será, sin embargo, una aventura... De ahora en adelante debes hacer sin vacilar lo que te dicte el corazón. Sigue mi consejo y alcanzarás todas tus metas pues el corazón nunca miente a quien sabe escucharlo. Hasta la vista, Juanillo...

Y con el brillante batir de sus tenues alas, verdes como esmeraldas, el hada se desvaneció en el aire y Juanillo se quedó mirando al vacío... Aunque no por mucho tiempo, pues, como antes os he dicho, el muchacho no era ya el mismo. En este mundo son muchos los que tienen alma de aventurero, pero como nunca se les presenta la ocasión de vivir una aventura, no les queda más remedio que soñar con ellas. También Juanillo había soñado muchas veces con correr aventuras, pero ahora una de ellas le había salido al encuentro.

El camino polvoriento llevó a nuestro héroe hasta las puertas de un gran castillo. Su primer instinto fue llamar a la puerta y pedir algo de comer, como cualquiera de nosotros habría hecho si hubiera trepado por una mata de habichuelas hasta el mismo cielo sin haber probado bocado en mucho tiempo. Y eso hizo.

—¡Fuera de aquí! —gritó irritada la ancianita que abrió la puerta, como haría cualquiera al que le pides de comer sin que te conozca—. Mi marido es un malvado ogro, y si te ve te devorará.

—No tiene por qué saber que estoy aquí —dijo el muchacho—. Llevo mucho tiempo sin comer y tú pareces buena persona. ¡Dame algo o me moriré de hambre!

Así que la anciana lo dejó pasar y le sirvió un plato con una rebanada de pan untado en mantequilla y un huevo duro. Y antes de que pudiera acabarse la comida, la casa entera empezó a temblar. La anciana agarró a Juanillo por la camisa, le puso el plato en la mano, lo empujó dentro del horno sin contemplaciones y cerró la puerta.

El muchacho tuvo la sensatez de no gritar y se acabó sin prisa la comida en su escondite. Al terminar observó que la puerta del horno estaba entreabierta y que por la rendija se podía observar la habitación. De modo que pegó el ojo a la abertura, ¡y no vais a creer lo que vio...!

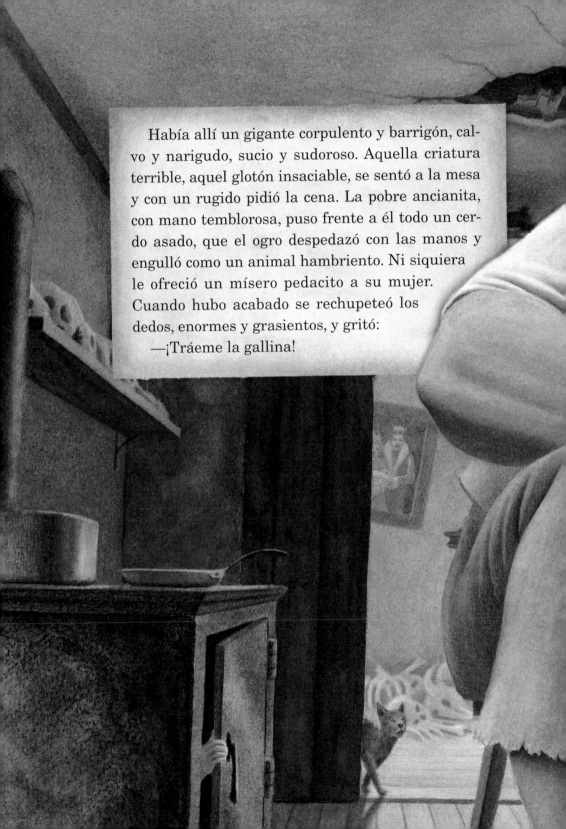

Había allí un gigante corpulento y barrigón, calvo y narigudo, sucio y sudoroso. Aquella criatura terrible, aquel glotón insaciable, se sentó a la mesa y con un rugido pidió la cena. La pobre ancianita, con mano temblorosa, puso frente a él todo un cerdo asado, que el ogro despedazó con las manos y engulló como un animal hambriento. Ni siquiera le ofreció un mísero pedacito a su mujer. Cuando hubo acabado se rechupeteó los dedos, enormes y grasientos, y gritó:

—¡Tráeme la gallina!

Juanillo se quedó de piedra al ver tan extraño postre. Pero en seguida lo comprendió todo, porque cada vez que el gigante decía «¡Pon un huevo!», la gallina ponía un huevo de oro.

Y así fue poniendo un huevo tras otro hasta que el ogro, cansado, se recostó en la silla y se quedó dormido.

Casi sin pensarlo, Juanillo abandonó su escondrijo, tomó en brazos la gallina, y regresó a todo correr a la mata de habichuelas.

Tampoco esta vez voy a contaros qué ocurrió al llegar a casa, pero cuando su madre, muy irritada, iba a regañarle, Juanillo le habló de aquella gallina prodigiosa y, muy sorprendida, la madre se puso a alabar al muchacho:

—Siempre he sabido que algún día harías
algo grande —dijo sonriente.

Juanillo iba todas las semanas a vender
los huevos de oro al mercado, y tanto dinero consiguió que su madre pudo dejar
el oficio de lavandera; pero, a pesar de
todo, la buena mujer seguía fregando
y barriendo su casa porque esas tareas le gustaban.

Una mañana estaba el muchacho con las manos en los bolsillos de unos pantalones recién estrenados, cuando de pronto sintió la llamada de la aventura y, sin más, partió otra vez en busca de aquel reino oculto entre las nubes. Sin avisar a su madre, se puso en marcha y, al llegar a lo alto de la planta, volvió a encontrar la misma tierra baldía y estéril y la misma casa donde vivía el ogro. Aunque esta vez no estaba hambriento, a Juanillo no se le ocurrió mejor excusa que darle a la anciana que la que ya le había dado la primera vez. En esta ocasión, sin embargo, le resultó mucho más difícil convencerla, a pesar de que la anciana no lo había reconocido. Quizá fuera porque la cara del muchacho había cambiado o quizá porque aquellos pantalones hacían que pareciera otro.

—¡No y no…! —decía una y otra vez la anciana—. Hace tiempo vino un niño que resultó ser malo y ladrón, y no puedo dejar entrar a ningún otro —se excusó ella.

—Pero si yo tengo cara de angelito —dijo Juanillo—. Todo el mundo me lo dice.

—Es verdad —respondió convencida la mujer, y acabó por dejarlo pasar.

Esta vez se vio obligado a ocultarse antes incluso de empezar a comer, lo cual le alegró mucho, porque, como he dicho, no tenía hambre, y, además, la mujer del ogro sólo le había dado pan y queso rancio.

La casa tembló hasta los cimientos nada más entrar el ogro, y la mujer, aterrada, levantó la tapa de una tinaja para que el muchacho se ocultase en su interior. El ogro, que, como siempre, venía de muy mal humor, se puso a olisquear la habitación:

—¡Aquí huele a carne fresca! —gritó.

—Estás equivocado —contestó la anciana, muy asustada—: lo que hueles es tan sólo una presa que se le ha caído a algún cuervo en el tejado.

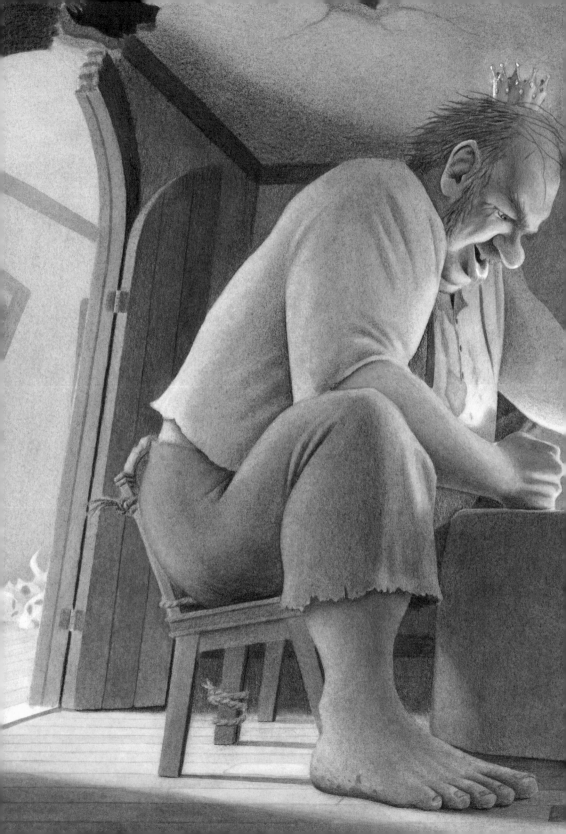

La explicación no convenció al ogro, que se comió la cena sin mucho apetito. De pronto, mientras la mujer recogía la mesa, el ogro le plantó las manos encima y vociferó:

—¡Tráeme las sacas de dinero!

Cuando oyó un alegre tintineo como de monedas, Juanillo no pudo resistirse a entreabrir un poco la tapa de la tinaja: el ogro contaba un montón enorme de monedas de oro y plata. Y en aquel instante el muchacho decidió apoderarse de aquel tesoro, pues sabía que por derecho les pertenecía a su madre y a él.

Poco después el ogro se quedó dormido y Juanillo, antes de arriesgarse a salir de la tinaja, se aseguró de que la mujer no anduviera cerca. En cuanto la oyó subir por las escaleras, salió de su escondrijo, agarró las bolsas y otra vez se volvió corriendo a la mata de habichuelas.

De regreso a casa, Juanillo encontró a su madre muy intranquila por su ausencia y, como de costumbre, ocupada con las tareas del hogar. Sin embargo, ahora eran ricos y podían vivir a lo grande. El muchacho quería comprarle a su madre un palacio, pero, para ella, su hogar, aunque humilde, tenía más valor que el mayor de los castillos. El muchacho comprendió entonces que él tampoco podría separarse de la mata prodigiosa.

Un buen día Juanillo sintió de nuevo la llamada de la aventura y decidió regresar a los dominios del ogro. La ingenua anciana tampoco lo reconoció esta vez, pues el chico iba vestido de escolar. A pesar de todo, a Juanillo le costó convencerla más que nunca. Pero la mujer cedió al fin, no sin antes explicarle a Juanillo que dos chicos habían abusado de su hospitalidad y le habían hecho una mala faena. Si él hacía lo mismo, le advirtió la bondadosa anciana, era muy probable que el ogro la matase a ella.

Nada más entrar, les sorprendió el ruido de unos pasos atronadores: el ogro regresaba a casa. Sin perder un instante, nuestro aventurero se coló en un barril vacío que le enseñó la atemorizada anciana.

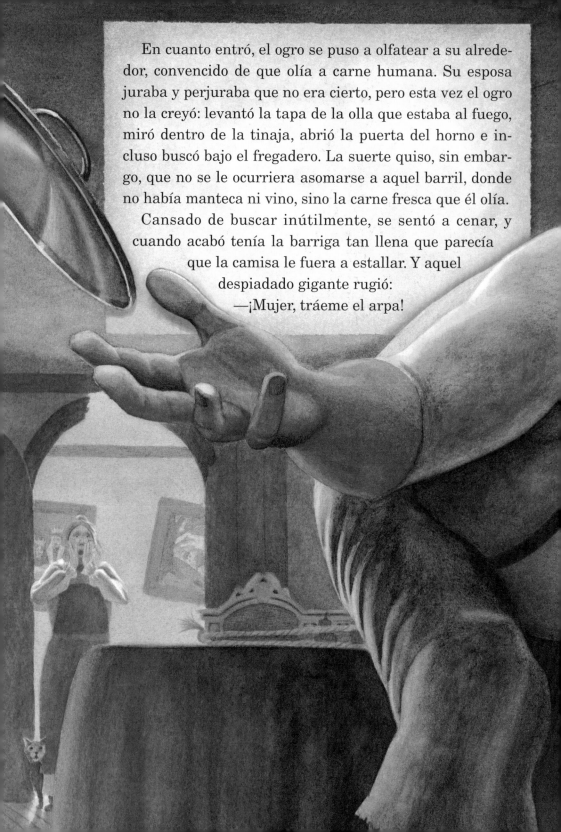

En cuanto entró, el ogro se puso a olfatear a su alrededor, convencido de que olía a carne humana. Su esposa juraba y perjuraba que no era cierto, pero esta vez el ogro no la creyó: levantó la tapa de la olla que estaba al fuego, miró dentro de la tinaja, abrió la puerta del horno e incluso buscó bajo el fregadero. La suerte quiso, sin embargo, que no se le ocurriera asomarse a aquel barril, donde no había manteca ni vino, sino la carne fresca que él olía.

Cansado de buscar inútilmente, se sentó a cenar, y cuando acabó tenía la barriga tan llena que parecía que la camisa le fuera a estallar. Y aquel despiadado gigante rugió:

—¡Mujer, tráeme el arpa!

La anciana puso entonces sobre la mesa un arpa de oro muy hermosa, y en cuanto el ogro gritó «¡Toca!», del arpa surgió una cautivadora melodía que en seguida adormeció al ogro, mientras su mujer fregaba en la cocina.

Sin pensárselo dos veces, Juanillo volcó el barril, corrió a la mesa y se hizo con el arpa. Mas al tocarla ésta exclamó con voz humana:

—¡Amo mío, que se me llevan!

Al oír hablar a aquel mágico instrumento, Juanillo se llevó tal sorpresa que el arpa estuvo a punto de caérsele de las manos. Cuando se dio cuenta de que el ogro se despertaba, el muchacho se lanzó hacia la puerta y pisó sin querer al gato, al tiempo que oía al ogro dar tumbos tras él.

Pero tras la abundante comida el ogro apenas podía moverse, y estaba además medio dormido, así que
cuando el muchacho llegó al pie de la mata, el ogro aún estaba en la copa. Pero Juanillo enseguida supo que el ogro
descendía por ella, porque la mata de habichuelas empezó a estremecerse y temblar bajo aquel terrible peso. El
muchacho le pidió a su madre un hacha a gritos, y ella,
con su buen corazón, se la trajo sin pedirle explicaciones.

Y de un solo hachazo, Juanillo cortó aquel grueso tallo como si fuese de mantequilla, y al caer la planta arrastró consigo al malvado ogro, que se estrelló contra el suelo y allí mismo encontró la muerte.

El chico y su madre se vieron así dueños de muchas riquezas, y bien podrían haber comprado y vivido en cual-
quier palacio si tal hubiera sido su deseo, pero la madre pre-
firió quedarse en su hogar de siempre... Aunque, por su-

puesto, la casa se veía ahora muy mejorada y el prado rebosante de rollizas vacas.

Tan solo me queda por contaros qué fue de aquella tierra mágica perdida entre las nubes:

49

Por el hada supo Juanillo que, tras morir el ogro, las gentes salieron de su largo cautiverio en los árboles y el reino prosperó bajo el gobierno de la viuda del ogro, persona en verdad honesta y cuyo único defecto era, si acaso, confiar demasiado en los niños.

Y, por último, recordad que el corazón nunca miente a quien sabe escucharlo.

actividades

Juanillo y las habichuelas mágicas

Comprensión

1 Veamos si recuerdas bien lo que ocurre en el cuento. Señala con una cruz la respuesta correcta para cada pregunta.

a) Juanillo y su madre son pobres y sólo tienen una cosa de valor. ¿Qué es?

☐ Un libro mágico.

☐ Un trineo.

☐ Una vaca.

b) La madre de Juanillo es muy trabajadora. Además de limpiar su casa, ¿a qué se dedica?

☐ A lavar la ropa de otras personas.

☐ A trabajar en el campo.

☐ Es leñadora.

c) Mientras su madre trabaja, ¿qué hace Juanillo?

☐ Ir a la escuela.

☐ Tumbarse a la bartola.

☐ Ir a la compra.

d) Un buen día Juanillo y su madre se quedan sin dinero. ¿Qué es lo que hacen entonces?

☐ Pedirle dinero prestado a un vecino.

☐ Cazar musarañas.

☐ Ir a vender la vaca.

e) Juanillo encuentra a un carnicero por el camino. ¿Qué le ofrece el carnicero al muchacho?

☐ Cinco monedas de oro.

☐ Unas habichuelas.

☐ Carne para todo un mes.

f) Una mañana el chico sube por una planta hasta más arriba de las nubes. ¿Qué se encuentra en lo alto?

☐ Unas tierras secas y sin vida.

☐ Una ciudad encantada.

☐ Un bosque.

g) De pronto se le aparece un hada y le cuenta lo que ocurrió cuando él apenas era un niño. Di si las siguientes frases son verdaderas (**V**) o falsas (**F**):

V ☐ F ☐   El padre de Juanillo fue un rey generoso.

V ☐ F ☐   Un ogro mató a la madre de Juanillo.

V ☐ F ☐   Juanillo y su padre consiguieron escapar.

V ☐ F ☐   El ogro aprisionó a la gente en los árboles.

V ☐ F ☐   La hierba no volvió a crecer en el país.

h) El hada le ordena a Juanillo que:

☐ Aprenda a lavar y cocinar como su madre.

☐ Busque al ogro y recupere el reino de su padre.

☐ Mate al ogro.

i) Juanillo llega al castillo del ogro y una anciana le abre la puerta. ¿Qué le dice el muchacho a la vieja para que lo deje entrar?

☐ Que tiene mucha hambre.

☐ Que está muy cansado.

☐ Que quiere conocer al ogro.

j) Cuando el ogro entra en casa, ¿por qué sospecha que hay alguien escondido?

☐ Porque ve un abrigo en la mesa.

☐ Porque oye ruidos.

☐ Porque huele a carne humana.

k) Juanillo sube tres veces por la planta de habichuelas y entra en el castillo del ogro. Di dónde se esconde en cada uno de sus viajes y qué le quita al ogro en cada caso:

Visitas	Dónde se oculta	Qué se lleva
Primera	. . . .	. . . .
Segunda	. . . .	. . . .
Tercera	. . . .	. . . .

l) En el último viaje, el ogro despierta y persigue a Juanillo. ¿Qué ocurre al final del cuento?

☐ Que el ogro resbala y cae de la planta.

☐ Que Juanillo mata al ogro de un hachazo.

☐ Que Juanillo corta la planta y el ogro cae y muere.

2 Marca con una cruz las cosas que hace Juanillo al principio del cuento:

☐ Tumbarse sobre la hierba.   ☐ Jugar con los amigos.

☐ Lavar la ropa.   ☐ Ir a vender la vaca.

☐ Observar las hormigas.   ☐ Fabricarse juguetes.

☐ Ir a por agua al pozo.   ☐ Hacerse a la mar.

☐ Segar la hierba del campo.   ☐ Escribir poemas.

Comentario

1 **Juanillo** es un chico muy travieso y perezoso, pero tiene también **buenas cualidades**. ¿Cómo demuestra lo mucho que quiere a su madre? (pág. 8) Sin embargo, ¿qué le ocurre cuando intenta ayudarla? (pág. 9)

2 El chico no posee un solo juguete, ¿pero cómo demuestra la **imaginación** que tiene? (págs. 7-8) Además de tumbarse a la bartola y contemplar el cielo, ¿qué le encanta hacer? (págs. 8-9) ¿Por qué crees que Juanillo le dice al hada: "Te he estado buscando toda mi vida"?

3 ¿Qué **otras cualidades** demuestra Juanillo al atreverse a subir por la planta de habichuelas, entrar en la casa del ogro y quitarle sus riquezas?

4 Sin embargo, Juanillo es también un poco **alocado** e **irresponsable**. Si tú fueras la madre de Juanillo, ¿qué pensarías de él al verlo llegar a casa con unas habichuelas a cambio de la vaca? ¿Por qué crees que el chico se siente tan atraído por las habichuelas?

5 Juanillo no habría conseguido vencer al ogro si el carnicero, el hada y la mujer del ogro no lo hubieran ayudado. ¿Crees que el **carnicero** sabía que las habichuelas eran mágicas? ¿O sólo pretendía engañar al chico?

6 ¿Qué consejo le da **el hada** al muchacho? (pág. 24) ¿Le hace caso Juanillo? ¿Crees que el consejo del hada es bueno? ¿O piensas que antes de hacer algo hay que pensárselo dos veces?

7 También la **mujer del ogro** ayuda mucho a Juanillo. ¿De qué forma lo ayuda y protege? ¿A qué se arriesga la anciana?

8 La **madre de Juanillo** trabaja muy duro y se sacrifica mucho por él; pero ¿crees que hace bien enviándolo a jugar cuando el chico intenta ayudarla y todo le sale mal? ¿Qué otra cosa debería hacer?

9 Naturalmente, el **ogro** es un personaje malvado. ¿Cómo es el rey? ¿Por qué el ogro decide matarlo? (pág. 22) ¿Qué ocurre en las tierras cuando el gigante se convierte en dueño de todo el país? ¿Cómo trata a su mujer? Si tú fueras Juanillo, ¿qué es lo que más miedo te daría del ogro? Al final del cuento, ¿por qué el gigante no consigue atrapar al chico y acaba muriendo?

10 Como en muchos otros cuentos, en éste hay **situaciones**, **personajes** y **objetos mágicos**. ¿Qué personajes y animales mágicos aparecen en el cuento? ¿Cuál es el objeto mágico más importante? ¿Qué objeto mágico parece gustarle mucho a Juanillo? ¿Por qué?

Expresión y creación

1 De los **tres tesoros** que Juanillo le quita al ogro, ¿cuál crees que tiene más valor y por qué?

2 Imagina que el ogro tuviera **tres objetos mágicos más**. ¿Cuáles podrían ser y para qué servirían?

3 Ahora supón que al ogro le hubiera dado tiempo de bajar por la planta de habichuelas. ¿Qué habría pasado? ¿Podría Juanillo haber vencido al ogro? ¿De qué manera? ¿Le habría servido el arpa para algo?

4 Juanillo se comporta como un chico **decidido** y **valiente** cuando va al castillo del ogro. ¿Qué habrías hecho tú en su lugar? ¿Te habrías atrevido a entrar en el castillo del ogro? ¿Le habrías quitado sus tesoros? ¿Habrías vuelto, como el chico, dos veces más?

5 Imagina que, en lugar de unas habichuelas, el carnicero le hubiera entregado a Juanillo **un topo** capaz de hacer agujeros profundos en la tierra. ¿Qué crees que descubriría Juanillo si se metiera por ese pozo o túnel? Invéntate una historia sobre esta nueva aventura y haz un dibujo de alguno de sus episodios.

PIÑATA